KB127511

몸으로 부르는 연가

몸으로 부르는 연가

김병호 시집

K
POET

아시아

차례

3. 헛이야기

1. 몸으로 부르는 연가

왼손을 위한 주문

1.

그가 외우는 주문이 따귀가 되어 돌아올 것이라고는 그 자신은 물론, 따귀를 때리는 거친 손조차 상상하지 못했다.

주문은 사라질 것들의 순서 같은 것이다. 여자가 그 주문 안에서 자신의 이름이 지나간 흔적을 찾아냈을 때 그의 목소리는 대놓고 떨었다.

그는 아무 의미 없어야 주문이라고 우겼지만 사는 일에도 의미는 없었다.

의미가 사는 일에 주문 같은 것이라는 사실을 그는 거친 따귀와 함께한 왼손의 날에 깨달았다.

자신이 토해놓은 항변의 단어들을 주섬주섬 꿰맞추다가 뒤늦게 알아챈 그는 그저 길어지는 늦가을 그림자 하나로 골목 입구에 섰다.

2.

여자의 왼손은 투박하고 거칠었으며 건성이었다. 오른손은 구석구석 배려가 깊었고 상처를 쓰다듬을 줄 알았다. 무엇보다 부드러웠다. 그날은 왼손의 날이었다. 거칠게 움켜쥔 손은 우악스레 목을 흔들며 놓지 않았다.

사랑은 왼손의 것이다. 그는 태풍에 나부끼는 조각배처럼 사랑했다.

그는 말 한마디를 내놓기 위해 여섯 차례 토렴질을 했다. 그렇게 가라앉은 밥알들이 주문이 되었다.

의미는 무참하게 흔들린 밥알들의 궤적이다. 누구도 기억 못하는,

사랑의 어느 틈새에서 그는 주문을 게우고 말았다.

비풍초똥팔삼*

싸움은 그래서 오른손의 것이다.

3.

버리는 일에 순서가 있을 리 없었다.

그렇게 순서껏 버려 남는 게 의미라면, 발이라도 가려 디디면 살아질 일이었다.

가을 밤장마에 덜 젖은 발자국이라도 찾아질 일이었다.

사랑이라도 해볼 도리였다. 부드럽게 뜯겨나가 숨이라도 넘어갈 고개였다.

그래서 그는 고래의 울림으로 노래했다.

비풍초똥팔삼

사라지는 일에 혹 순서가 있다면 사는 일만 남았을 때

숨 쉴 핑계 어느 무덤에 묻었는지,

여자의 이름이 주문 어디에 묻었는지

묻지 못했다.

4.

포옹은 그의 허파에서 바람을 짜내는 일이다. 바람이 지나는 길목에서 귀가 울었고 종국에는 눈이 부는 휘파람이 되었다. 여자가 돌아보자 다시 왼손의 날이었다. 비풍초똥팔삼

* 화투 놀이 중, 먹을 것이 없어 자신의 패를 내어놓아야 할 때 관습적으로 외우는 주문. 가치가 크다고 여기는 것들의 역순으로 버려야할 것들이 가지는 순서라고 할 수 있다.

뫼비우스의 돈

그는 돈의 한쪽 끝을 백팔십도 비틀어 다른 끝과 이어 붙였다. 끝없는 돈을 만들고 싶었으나 끝없이 안팎을 돌 뿐, 끝이라도 있으면 돈도 아니었다. 그림자가 가장 짧은 낮에 출발해 돈을 따라 한 바퀴를 돌아오는 데 꼬박 스물네 시간이 걸렸다. 세종대왕을 밟고 출발했지만 돌아온 곳에서는 혼천의가 그를 맞았고, 낮이 있을 자리에 밤이 웅크리고 있었고, 그래서 꿈 대신 현실 자리가 사나웠다.

한밤에 출발해 다시 하루를 걷고 집에 오면 황달 걸린 신사임당이 정오의 구김살 없는 뜰에서 인상을 구기고 있었다. 왜 돈의 얼굴에는 돈에 채무 없는 사람들 얼굴을 꾸어다놓았느냐고 따지자 꿈을 꾸듯 돈을 꾸면, 아랫배에 힘을 주면 가르릉 환풍기 소리가 들리지 않듯, 돈의 등에 뭐라 써 있는지 보인다 했다. 그렇게 한 바퀴 돌아 다시 등진 세계에 주저앉으면 환풍기 소리가 들리지 않자 아랫배가 힘을 주었다. 소화 못한 시간들 탈진으로 쏟아지자 살모넬라균이 뱃속에서 기지개를 켰다. 말이라도 안 돼야 돈이 아니었다.

만능 콘돔
—뫼비우스의 돈 2

그것은 누구와 가능하게 해주는 것이 아니라 무엇과도 가능하게 만드는 것이었다. 그는 몰랐다고 하나, 별의 행간을 읽지 못하는 일 또한 한 시대의 죄악이었다.

그것을 끼는 순간 코뿔소는 물론이고 박쥐, 심지어는 들판에서 나부끼는 양귀비꽃과도 몸적으로 얽힐 수 있었다.

—상대의 정체가 무슨 상관인가? 내 욕망의 솔기가 터져 새순이 돋을진데,

어느 날 그는 5백 년 된 노송과의 관계를 술회했다.
—그는 깊고 현명하며 아주 느리게 느낄 줄 알았으

니 그는 무엇보다 시간이 발효된 깊은 향기를 가지고 있되 시간이 과농축된 끈적임으로 헤어 나오는 일은 고되고 고되었으니, 나에게는 너무 긴 상대였고 그에게 나는 너무 짧았었기에 또 하나 비극이기는 했으므로,

이런 경험이야 확인할 수 없는 개인적인 것이나 다음날 천년 고찰을 지키던 노송 하나가 이유 없이 말라 죽었다는 뉴스는 모두가 아는 것이었다.

이것은 뜻밖에 이종 간 교배의 길을 터준 매개가 되어 새로운 시장을 개척하였으되 부작용으로 백신 없는 마음의 역병이 돌았다. 이후 더 간편한 방법을 찾다가 만들어진 것을 동네사람들은 돈이라 불렀다. 이 또한 어두운 기운의 소행이라 말하는 이들이 있

었지만 몸적 얽힘마저도 모든 형태의 장벽을 넘으려 하는 세태의 배설물이라는 소문 한 줄기가 마을에 걸렸다.

더러운 여자

여자가 남자를 내치는 이유는 부글부글 끓어오르는 공기방울보다 많은데

오지랖 봄날 달끈 더워진 입김은 당연히 그 두서없는 냄새가 문제였고

과포화 습기 땀 되어 흐르는 계절에는 스스로 먼 소행성 되어, 여자를 초점으로 하되 다가오지 못하는 일그러진 타원 궤도를 떠돌았으며

낙엽 부서지는 소리 날카로워 연심(戀心) 깨지는 시절 또한 귀 막고 혼자 견디고도

폭설의 밤 뭉근한 이불 품에서는 두 몸뚱이 신열의 수위가 맞지 않았으나

심중 물큰 남자에게 가장 깊은 상처는

방금 깨끗이 씻었으니 저리 물러서라는 말이었다

남들 몸 씻는 일은 그다음 일을 도모하기 위함이나

여자에게는 마침표 같은 최종 행동이었으니
　남자는 스스로 아는 한,
　매 순간 현현하는 여자 중 가장 더러운 여자와만 작용했다는 깨달음에 크게 얻어맞아
　두 개의 짝 봉우리 사이로 난 길을 따라 산을 내려왔으니
　더러운 것이 낮은 것이고 낮은 것이야말로
　세상을 떠받치는 바닥이었으니, 날숨의 고향이었으니
　슬픔 또한 어디 아닌 바닥에 고이니
　안타까이 식은 몸에 고이니

내 것이 아닌 내 안의 것

나는 고통을 참으며 엉덩이로 벽에 못을 박고 있던 터였다. 이 고통의 성긴 틈새로 내 앞에 모르는 여자 엉덩이가 닿아 있는 것이 보인다. 이를 악물고 뭐 하는 거냐고 물었다. 여자는 엉덩이로 벽에 못을 박는다고 했다.

나는 벽이다. 찔리는 고통을 참으며 못 박히는 벽이 나이고 찌르는 줄 모르면서 못 박는 나는 벽이다. 뽑아내지 못하는 고통을 망치 삼아 못 하나 제대로 못 박는 엉덩이가 내 부분이고 작정 없이 발광하는 어느 욕망이, 내 안에 있으나 내가 뿌린 것이 아닌 무정형의 용암이 나를 개끌고 다닌다. 그래서 나는 발작하는 벽이며 그래서 벽은 안온한 역사이다. 아주 오랜 선조부터 내려오는 헛소리이다.

세상에 없던 사랑

아래층 여자가 찍은 사진은 기괴했다. 복도에서 들리는 이상한 소리에 여자는 현관문을 열고 조심스레 계단을 올라 위층이 보이는 경계 너머로 살짝 머리를 디밀었다가, 움칫 뒷걸음쳤다. 눈동자를 흘릴 만큼 커진 눈 대신 자신의 입을 틀어막은 여자는 잠시 상황을 고른 후 앞치마주머니에서 핸드폰을 꺼냈다. 그러고는 위층 현관문이 보이는 난간 너머로 흘깃, 핸드폰을 쥔 손을 디밀었다.

사진은 선뜻 이해하기 어려운 광경을 담고 있었다. 그는 온통 땀에 젖은 채로 검은색 운동복 상의를 올리고 봉긋 솟은 배를 현관문에 바짝 들이밀고 있었다. 으레 까치발로 선 그는 손을 가슴께에 모아 뭔가를 당기면서 밭은 숨을 내쉬며 괴로운 표정을 짜내고 있었다. 이 장면을 보고 그가 아파트의 철제 현관문과 힘겹게 사랑을 나누고 있다고 오해할 사람은 70억 인류 중 단 한 명도 없을 터이지만 현생 인류 중 하나는 이런 비유를 쓰고 말았으니, 가능성이 0이 아닌 일은 현실에서 모두 일어난다는 가설은 그날 증명되었다.

신고를 받고 화급히 승강기에서 내린 아파트 경비원과 눈이 마주친 그는 남의 눈에 비친 자신의 모습을 상상해보고는 눈의 초점을 풀고 말았다. 사뭇 절정을 지난 표정이었다. 그렇게 팔의 힘을 푼 그는 검은색 운동복 상하의 사이로 땀에 젖은 배를 까고 있었으며 그 불룩한 배를 흰색 노끈이 대각선으로 조이고 있었다. 마치 칼집을 넣고 부풀어 오른 식빵과 같은 모습이었다.

흘러내리는 운동복 바지를 노끈으로 묶어 고정하는 김에 그 끈에 집 열쇠를 꿰고는 나비매듭으로 묶었다는 그의 설명만으로는 이 괴상한 연애사건을 설명할 수는 없었다. 서툰 운동을 마치고 다시 집 문 앞에 섰을 때 나비 모양은 사라지고 풀리지 않는 알찬 매듭으로 변한 노끈을 발견했을 때까지만 해도 세계에 이런 사랑이 탄생할 줄은 누구도 생각하지 못했다. 끈에 함께 묶인 열쇠를 가슴께에 있는 문의 열쇠구멍에 맞춰보려 했던 온몸의 노력을 사랑으로 해석하는 세상이야말로 변태일 것이라고 우겨봤자 이미 그의 편은 없었다. 누구 중 하나는 그가 철제 현관문을 바라보고 있는 순간 욕정의 화살을 쏜 이는 마을을 떠도는 악귀일 거라고 속삭였고, 그 누구의 부인은 그믐이면 뒷산에서 훌쩍이는 귀신이 아니

고서는 절대 끊어지지 않는 노끈을 만들 수 없었을 것이라는 소문을 전했다. 나비효과를 증명하러 그의 몸을 떠났던 나비 때문이라는 과학적 설명도 있었지만 그가 뭔가를 집어넣으려 했다는 사실은 아무도 부정하지 못했다.

숙주의 사랑

작은 절에 딸린 축대 위 주차장이었다. 여자의 머리에는 함박눈처럼 달빛이 쌓였고 입에 묻어나는 웃음기를 다 가리지 못하는 손가락은 가늘고 가늘었다.

여자는 운전을 가르쳐준다는 핑계로 차를 가지고 나왔지만 남자에게 차는 현실에 숨어 여자와 단둘이 남을 수 있는 고치였다. 울컥, 차가 서툴게 울 때도 여자는 웃었고 바퀴가 처참하게 선을 밟고 넘을 때에도 깔깔거렸다. 그 웃음소리는 남자의 눈에서 아이를 달래고 있을 아내의 모습을 지우고도 남았다. 손목을 스치는 남자의 뜨거운 체온은 매일 수화기에서 떨어지는 남편의 형식적인 목소리를 묻고도 넘쳤다.

그때 세상은 그것이 전부였다.

아이들이 자라 다른 아이를 낳았다. 여자의 머리에

는 달빛 같은 세월이 쌓였지만 손가락은 여전히 가늘었다. 상사로 다시 만난 여자는 애써 기억을 지우려 하지 않았고 애써 알은척하지도 않았다. 그러나 옛정을 만나는 오늘은 속되고 속되었다.

한사코 멀어지는 여자의 흰 남방은 나풀대며 어둠으로 가라앉는 한쪽 휴지였다. 아쉽지만 슬프지 않았다. 이것도 한 칸 생이었다.

아내는 남자에게 조용히 따졌다. 남자는 여자에게 사실을 알렸고 여자는 자신의 남편을 그리 책망하지 않았다. 그러나 두 가정을 잇는 은밀한 연결고리는 조용히 모습을 드러냈다. 성(性)스러운 질병의 시작은 여자의 남편이었고 남자의 아내에 의해 경로가 드러났다. 남자의 사랑을 질투하는 악귀의 훼방은 이런 식이었다.

병원균에게 숙주의 사랑은 깊이보다는 넓은 것이 선(善)이다.

갈 일 없어 폭신한 깊이

아무 데도 갈 일 없는 날 아침 내린 폭신한 눈의 깊이에 속아 헛디딘 눈길이 휘청이다 붙잡은 것 하필 슬근 처진 여자의 맨가슴인데 모서리 닳은 시간은 언제 거기 붙어 살짝 물 빠진 꼭지가 되었고, 흔들리지 않는 까만 눈동자 되어 김 서린 한 시절 허우적거리며 닦아낸 살얼음 너머 한 줄로 오르는 연기를 눈치채자 연기는 바람이나 꼬셔 일부러 강퍅한 계절을 찾아 건너기나 하다가 하나도 맵지 않을 만큼 삭아 안개나 되어 고인 탓에 한 번도 눈물 흘리지 못한 여자는 계절을 흩뜨리는 손짓을 덧없이 흔드는 손으로 잘못 알아듣고 길 떠나고 돌아보다 설익은 물소리에 퉁벙 뛰어들자 부끄러움이 멍들어 김으로 오르고 하염없는 것들 눈발로 날리다 개울 건너 쌓이니, 갈 데 없는 날 폭신한 품이라도 되는 양

뒤집힌 팬티가 말하길

내 뒤집힌 팬티를 보고 여자께서 집에서 아내하고 무슨 일 있었던 거야? 망측하게, 라고 말했다고 아내에게 말한 건

내 뒤집힌 팬티를 보고 아내께서 내가 뒤집을 수 있는 게 빤쓰 말고 뭐가 있냐고 속삭였기 때문이나, 그렇게

내 알량한 자존심이라도 뒤집어보려는 노력은 그만 첨벙, 헛다리를 짚었으니

내 뒤집힌 팬티가 측은한 눈으로 내게 먼지의 안과 밖을 결정하는 기준을 아느냐고 물었고

내 뒤집힌 팬티를 노려보며 아내께서 덜렁거리는 사건이 있는 쪽이 안이라는 사실도 모르냐고 흘기자

내 뒤집힌 본능은 그래서 안과 밖이 뒤집히는 순간이야말로 하나 우주가 탄생하는 초유의 폭발이라고

내 뒤집힌 이성마저 깨달았으나, 우리 우주를 채우고 있는 수많은 사건들은 먼지의 안쪽에서 덜렁거리던 하나 누추한 씨앗이었음이 드러났기에

내 뒤집힌 팬티 탓에 그 모두가 되돌릴 수 없는 팽창의 길로 흘렀고

내 뒤집힌 팬티를 보고 아내께서 세탁기를 뒤집으면 넣지 않고도 세탁이 되는 우주의 가능성을 증명했고

내 팬티를 다시 한 번 뒤집자 무작위의 사건들이 먼지 안에서 잠자코 숨죽였으니

팬티 없이 치르는 얌전한 잠이 하루를 뒤집어 영원이 되어버린

2. 장난일지

오월동주

오월 동죽이 가장 살집이 좋다는 소문이 봄날의 명제가 된 머나먼 칼국수집, 두 달에 한 번 통화도 하는 아빠와 딸 동죽탕을 두고 마주 앉아 오월동주

어떤 동죽은 오월에도 진흙을 물고 죽어가며 탕을 흐리는데

동죽이 좋다……모든 동죽이 좋지는 않아요, 오월이라고……날씨가 좋네……엄마를 좋아하세요……먹으면서 말하는 건 좋지 않아……그럼 먹지 않는 건 좋아요?……고향이 좋지?……개펄에게 동죽이 좋을까요?……물 좋은 건 건강에 좋아……좋은 건강은 모든 생에 좋은가요?

모든 동죽은 오월의 명제를 의심하며 바스락거리

는데 어떤 둘은 노를 저어 앞으로 나아갔지만 봄날
도 같이 밀려갔기에 그 자리 그대로 미지근하고

증명은 개의 것

1.

소가 풀을 뜯는 옆에서 개가 풀을 뜯고, 그 옆에서 농부가 풀을 뜯는다. 풀을 뜯되, 누구는 먹고 누구는 뱉으며 누구는 그것을 죽인다. 주어를 달리함으로 다른 결과가 드러나는 이런 속성으로 구성된 이 세계는 언어의 문제를 넘어 모든 생이 하나의 목적을 향하는 일관된 행동이 아니라는 사실을 은유한다. 개는 풀을 뜯는 행동 하나로 이를 증명하고는 지나는 토끼에게 삥을 뜯다 걸리자 장난이었다고 항변한다. 어떤 뜯는 행동은 그러나 장난이 아니다.

2.

이제 개들은 끈에 매인 사람을 힘겹게 끌고 다녀야 하기에 혈혈단신 고독만을 지고 지나는 개는 강 건너 오래

된 들판에서나 만날 수 있다. 지나는 개는 웃지 못한다.

항상 개가 먼저 지났다. 칠성이네 아빠가 전화 없이 상갓집에서 밤을 새우고 온 날이면 좁은 마당에 냄비가 하나 '아이고 나 죽네!'를 외치며 우당탕 굴렀고, 승자 엄마가 담 너머로 옆집 낌새를 살피기 전에 개 한 마리가 먼저 그 집을 살피며 지났다.

누군가 후다닥 골목을 달리기라도 할라치면 질주의 원인이 무엇이며 어느 골목의 끝에서 뒷머리를 긁으며 끝났는지 사건의 전말을 구성하는 일도 건등건등 지나는 개의 몫이었다. 훗날 칠성이와 승자의 연애사건이 타오를 때에 동네 후미진 곳을 도는 일도 개의 것이다. 그렇게 두 청춘의 동선이 뜨겁게 부딪친 시절을 훼방꾼으로부터 지키려 먼 데를 보고 길게 우는 일도 지나는 개가 할 일이니,

개가 웃는다. 그 무엇도 심드렁한 장난보다 더 뜨겁지 못하다는, 좀 서늘한 신호처럼 지나며 개는 웃는다.

3.

어떤 개는 수레를 끌고 다니며 의미가 사라진 물건을 수거한다. 관습적으로 건네는 박카스가 개의 것이고 전 남친이 버리지 못하는 끈적한 미련이 개가 끄는 보이지 않는 수레에 담긴다. 갚기 싫은 한 주먹 돈뭉치나 거절당한 맛없는 접시를 개에게 건네며 '개나 줘버려'라는 주문을 외우지 않는다면 오랜 시간 개가 준 모든 위안을 토해내야 할 것이며, 마지막으로 자신의 오랜 버릇을 아낌없이 개에게 주어야 한다. 개똥이 되어 세상의 약이 될 테니.

이루어질 수 없는 사랑

'인간 종이 여자와 남자 이렇게 두 개의 성을 조합해 자손의 유전적 다양성을 보장하겠다고 작정한 일에는 피할 수 없는 치명적인 부작용이 따랐으니, 이로써 인간에게 나타나는 다양한 정신적 부작용들을 통틀어 우리는 사랑이라고 부른다.'는 주장은 발표자의 것이었다. 이어 사랑은 '후손을 만드는 행위의 통칭'이라고 협소하게 확장하는 자가 나왔으니 이는 주객을 전도하며 앞의 정의를 에두르는 유물론적 시각이었다.

시각 차이는 '이루어질 수 없는 사랑'을 정의하는 데에서 극명하게 나타났다. 두 번째 정의를 지지하는 사람들은 말과 당나귀는 '이루어질 수 있는' 사랑이라고 주장했다. 노새라는 후손을 만들기 때문이다. 그러나 노새는 그 누구와도 후손을 만들지 못하는 이루어질 수 없는 사랑의 비극적인 주인공이 되어 크게 낙담한 탓에 죽어라 인간의 짐만 나르다 죽는다는 것이다. 이는 지나치게 인간 중심적인 사고이면서 사랑이 가진 정신적 부작용의 측면을 무시한 억측이라는 비판이 터지자 '양귀비와 고양이는 사랑은 할 수 있을지언정 이루어질 수는 없는 관계'라는 새로운 주장을 펼쳤다.

분노한 이들은 '그렇다면 양희은이 부른 노래는 유전적으로 불가능한 관계 설정에 관한 노래라는 말인가? 또한 생식능력과 관계된 질병을 가진 이나 동성 커플의 관계를 사랑이라는 범주에서 제외하는 저열한 편견이며, 따라서 〈이루어질 수 없는 사랑〉이란 마음이 변해 헤어지는 과정에서 찾아낸 핑계들에 운명적 요인을 덧씌워 정당화하려는 위선의 집합일 뿐이다.'라고 일갈했다.

반대자들은 다시 '그렇다면 이루어진 사랑은 무엇인가?'라고 따지고 들었고 성급한 이가 '결혼!'이라고 외쳤다가 예상 가능한 만큼 호되게 당했다. '그렇다면 이혼은? 이루기는 했으나 다시 무른 사랑인가? 아니면 이루어질 수 없었다는 사실을 결혼 후에야 깨달은 무식한 사랑인가? 일처다부제나 일부다처제의 경우 배우자의 수가 N일 때 1/N만큼씩만 이룬 사랑인가?', 당하던 이는 머리카락을 부여잡으며 '그렇다면 다시 사랑은 무엇인가?'라는 영원회귀적인 외침을 날렸고 또 다른 누군가는 진정 하지 말아야 할 말을 하고 말았다. '눈물의 씨앗!', 모든 토론의 장은 결국 아수라장이다. '인간이여, 생각하라! 그러면 최루탄도 사랑인가? 하품도 사랑인가?', 여

기에 '아닐 건 또 뭔가?'

긴 혼돈이 흐른 뒤 긴 똥을 끊고 돌아온 현자는 군중을 정리했다. '모든 것은 과정이기에 사랑 또한 과정일지니, 따라서 이루어진 사랑은 없되 이루어가는 것이 사랑이니라.' 그러나 의도와 다르게 많은 침이 튄 이 발언은 식어가던 기름에 던진 긴 불똥이 되었다. '사랑이 과정이라면 사랑은 당연히 변하는 것인가? 변하지 않는 것은 사랑이 아닌가? 그래서 사랑은 어디로 가는가? 목적지는 어디이며 결과물은 어떠해야 하는가?' 그때 누군가 중얼거렸지만 모두가 들을 수 있었다. '정체를 알 수 없고 목적지도 없으며 어떠해야 하는 당위도 없는 것은 다 장난이지. 장난이야. 사랑만 한 장난도 없다는 거지.' 그래서 결국 사랑은, 이루어질 수 없는 사랑은,

사랑이 장난이니

1-1 ∀ $A=B$ (A=사랑, B=장난)

⇒임의의 사랑이 장난이라는 명제가 참이라면

1-2 $B=f(b)$ (b=실없이 하는 일(B의 사전적 정의))

$\therefore A=f(b)$

⇒그러므로 사랑이 실없이 하는 일이니?

1-3 $b=f(-c)$ (c='실없이'의 원형 실답다. 꾸밈이나 거짓이 없이 참되고 미덥다.)

$B=f(f(-c))$

$\therefore A=-f(f(c))$

⇒그러므로 사랑이 꾸밈이나 거짓으로 참되고 미더움 없이 하는 일이니?

⇒의역하면, 사랑은 모름지기 꾸밈이나 거짓

이 없이 참되고 미더워야 한다고 나는 생각하는데 너는 왜 이에 반하는 행동을 하니?

∴ 누군가의 심장이 깨질 듯 위태롭거나 터질 듯 분노로 가득 찼을 확률이 높으므로 주의 요함.

2-1 역으로 $\forall\ B=A$ (B=장난, A=사랑)

⇒역으로 임의의 장난이 사랑이라는 명제가 참이라면

2-2 (이후 1과 같은 과정으로 대입)

2-3 ⇒꾸밈이나 거짓으로 참되고 미더움 없이 하는 일이 사랑이니?

⇒의역하면, 세상에는 꾸밈이나 거짓이 있고

참되고 미더움 없는 일들이 많은데 이것들도 사랑이니?

∴ 이 결론에 따르면 사랑의 영역은 광범위하게 확장되며, 더불어 '사랑이 장난이니?'라고 말했던 사람에게 '장난이 사랑이니?'라고 되물었던 사람이 간곳없이 사라졌다는 소문이 있기는 하다. 고로 어떤 장난은 취급에 주의를 요한다.

없는 것들의 자리

하염없는 것, 강 건너 골짜기를 파고드는 눈만 아니었으니 너 있던 자리 쌓인 정분 또한 내게 골짜기보다 깊도록 하염없으니, 애간장만 속절없이 태우던 시절도 숨 쉬던 한때였기에 그 다리 건너 주저앉은 낡은 의자도 시간이라고, 도리 없이 나부끼는 빨래로 널려 있어야 했던 속절없는 시간이라고, 염치 정도는 없어도 살고 면목 없이도 아침에 눈뜰 수 있지만 난데없이 간곳없어진 너로 인해 영락없이 거지꼴 된 내게는 일없이 떠도는 일밖에 없었으니 그지없이 네 발자국만 찾는 나는 실없이,

장난 없는 시절이라니, 헛

어떤 윤회

숟가락을 놓자마자 당연하게 누워 폰매경에 든다, 공주는. 엎쳐봐, 누워봐, 좌모로누워봐, 우모로누워봐, 웅크리고봐, 큰대자봐, 멀리봐, 코앞봐, 손놓고봐, 한 시절 히말라야를 호령하던 고명한 요기 쌈부봐 이후 가장 다양한 자세다, 공주는.

집사는 노모의 유언을 떠올린다. '밥 먹고 바로 누우면 소 된다' 그래서 어떤 종의 소가 될까? 공주는. 그렇게 한우, 흑우, 물소, 들소, 소의 종류를 결정하는 변수는 무엇일까? 식사의 양과 종류, 식사 후 눕는 데까지 걸리는 시간, 누운 자세 등으로 소의 종은 어떻게 바뀔까? 공주이기에 소가 추앙받는 인도의 어디에서 맘껏 누워 있는 소가 될까? 공주는. 그렇게 배부르게 풀을 뜯고 바로 누운 소는, 그래서 사람이 될 수 있을까? 소들끼리 '너 그러면 사람 된다!'는

겁박이 있을까? 그래서 공주가 소가 되고 제 버릇 개 못 준 그 소는 다시 맘껏 게으름을 부려 사람으로 돌아올 수 있을까? 공주는. 순간 집안을 울리는 소리가 있다. '음매'

그리하여 장난의 운명은

나는 장난의 운명이 알고 싶어요. 그동안 우리는 운명이 치는 장난은 쉬쉬하면서 장난이 헤쳐나갈 운명은 왜 관심 밖이었나요? 어떤 운명이 사주한 장난이 우리를 쥐어짜는 가운데 자유의지로 움직여야 할 장난에게는 온당한 주어 역할을 허락하지 않았나요? 운명의 독점은 또 어느 운명의 손아귀 안인가요? 우리는 장난에게 무슨 짓을 한 것이죠?

천지불인(天地不仁)이라 했어요. 천지는 만물을 만들고 키우는 데 있어 어진 마음을 쓰는 것이 아니라 자연 그대로 행할 뿐이라는 전언이지요. 같잖은 인간중심의 사고를 버리라는 말 아닐까요? 그렇다면 이제 천지불인 천지행난(天地不仁 天地行亂), 천지는 만물을 만들고 키우는 데 있어 자연 그대로 행하며, 천지의 행함은 오로지 장난의 길과 함께 한다는 말이에요. 물론 이것 또한 장난이죠.

그러나 그들은

안개 자욱한 금요일 오후 3시 55분이었다. 소흥동 백성은행에 검은 복면을 한 세 명의 사내가 그림자 스치듯 들어섰고 아이의 잠을 지키는 애비처럼 사뿐 현관문을 잠갔으며 고양이보다 가볍게 각자의 목적지로 흩어졌다. 이들은 진짜일지도 모를 소총을 들고 있었지만, 정작 모두를 제압한 무기는 무게를 알 수 없는 정적이었다. 경비는 공포의 눈빛을 흘리며 가스총을 휴지통에 버렸고 지점장은 행여 오해할까 또박또박 금고의 비밀번호를 적은 출납청구서와 열쇠를 두 손으로 바쳤다. 접객선 안쪽의 행원들은 어떤 경보도 누르지 않았다는 사실을 자랑하려 하얀 손바닥을 사내들을 향해 흔들며 뒤질세라 뒷걸음질 쳤고 여남은 손님들은 기꺼이 찬 바닥에 드러누웠다. 엎드리지 않고 누웠다. 애인을 기다리는 목마른 수컷들의 자세였다. 이 정적의 횡포를 한 발짝 벽 넘어 오가는 수천의 사람들 중 누구도 알아채지 못했다. 안개 흥건한 금요일 오후 4시였다.

안개가 증발하는 금요일 오후 4시 5분, 사내들은 증발했다. 흘깃 그들의 마지막 모습을 본 사람들은 그들의 복면이 무지개 색으로 변했으며 심지어 후광까지 짊어졌다고 했다. 거친 콧김을 뿜는 들소처럼 들이닥친 경찰들은 그러나 동전 하나 사라진 것을 찾지 못했고 긁힌 상처 한 올도 발견하지 못했다. 무자비하게 정적을 짓밟고 들어선 이들은 그렇게 아무것도 이해할 수 없었다.

그러나 그날의 공허에 짓눌렸던 사람들은 모두 알고 있었다. 사내들이 무엇을 강탈했는지.

어렵사리 입사한 젊은 행원들은 더 이상 미래를 꿈

꾸지 않았고 은퇴를 앞둔 지점장은 나이든 손님들을 배려하지 않았으며 홀에서 현관까지 잔잔하게 흐르던 음악은 자신이 소음이라 자책하기 시작했다. 어린 손자를 바라보던 할머니의 얼굴에서 미소가 물 빠졌다. 연인은 서로를 기다리지 않았으며 이리저리 뛰어 경비를 애먹이던 아이들은 눈동자의 초점을 풀고 먼 곳만 바라보았다. 벽에 걸린 커다란 그림 속에서 두근두근 달리던 말들이 근육에 힘을 풀고 주저앉아버리자 동시에 일어난 일들이었다.

3. 헛이야기

속되고 속된 이야기

사공이 많아 산으로 간 사과가 배꼽보다 큰 배를 가지고자 발원하여 그 절에는 배고픈 사람이 판 우물이 있었고 이를 발원으로 숭늉이 개울져 흐른다. 절이 싫어 떠난 목사 중 일곱 번째가 나는 공화당이 싫어요, 라고 외쳤던 노년의 처참했던 기도를 떠올리며 사촌이 산 라면땅을 후득후득 씹고는 아차 사과가 아팠다. 어쩌자고 소년들이 한사코 야망을 가지자 밤은 장마에 콩 나듯 쑥쑥 시들었고 구르는 재주를 가진 곰팡이도 자신이 서식하던 곳을 추억하며 침대는 화학이라고 중얼거렸다. 호박 겉을 핥은 죄조차 미움으로 돌려받은 죄수가 말을 쉬고 숨을 쉬며 사랑에서 걸어 나왔다. 입구에 거미줄 친 길을 따라 산 사람들이 들로 내려왔다. 누구에게도 절대 고개 숙이지 않는 벼들이 초록으로 익어가는 벌판 위로 높이

나는 개가 멀리 짖어대자 최대 가수의 최대 성량을 의심해 가재는 개 편으로 줄섰다. 개발의 피를 보고 개가 웃을 일이었다. 죽음에도 이르지 못하는 병이 창궐하여 죽음으로 해결되지 않는 생이 잡채가 되었다. 당면만 빠진.

게으른 자의 사랑

1.

누군가 곳그에 놓인 사건 때문에 그들이 나쁜 영을 향 받는다고 지적하기 전까지는 이미 사용한 사랑을 마지으막로 녹아내린 장소에 그대로 내버려두어야 한다. 원래 했보관던 곳으로 돌려놓으면 생은 원점에서부터 다시 재된생다. 통증과 함께.

2.

통증은 정신을 현실에 붙어들놓는 접착제이거나 현실 바깥을 가리는 눈가림이기도 하기에, 코앞만 보이기에 아프면 사랑이나 하려들고, 무의미와 눈 못 마주치기에 무료하고 무하료기에 사랑만 하다 죽으려하고

3.

그리하여 그늘막에 바람나면 늘그막에 그림자마저 사라진다.

게으른 자의 죽음

1.

죽음을 미루는 일로 죽음이라는 문제를 해결하지 못한다는 사실마저 수긍하기를 미는루 이가 죽음 이전에 할 일이 있다는 강에박 속아 죽음이나 미루려 하고, 그래서 사랑이나 하가다 포장 씌우듯 죽음에 헛이야기나 덧씌우고 사만랑 하다가 사는 일마저 내주고 마는,

2.

죽음이 차리라 사람의 발명인 이유는 모두가 꾸준히 죽왔어기에, 새로운 것을 만들어서가 아니라 거기서 새로운 기능을 찾아냈기 때인문데, 삶을 부추기는 항진제였다가 환각제로 천정이나 비틀다가 다음 순간 숨 쉬는 것들을 겁박해 그저 살게 하는 흉기였음에

3.

죽음에 투할항 길마저 막히자 죽음은 그저 어깨 위 짐이나 되어 손에 절이망라는 지팡이 하나 쥐어주고는 허구한 날 뺑뺑이나 돌다 보면 없어야 할 이유마저 없어져 저기 그냥 앉아 있는데

4.

언제쯤인가 내 몸을 무심게하 드나드는 공기나 따라다닐 터이지만 그래서 죽음이 무엇도 훼방 못 놓을 만큼 게을러져 먼지 털 듯 돈을 털자 자도지 서지 않고 사랑도 무지섭 않아 죽지 않아도 될 만큼, 털린 먼지만큼이나 어디 갈 일 없는데

5.

뜬금없이 새벽에 일어나 코털을 자르다 살이나 베어 코 바깥에서 시작한 코피가 생명을 축이는 강물이 되어 밀림을 부양하기도 하지만 이 새벽이 딱히 이유를 가지지 않은 것처럼 죽음에 물 주는 일이 심심하여 생태계를 달구어 초록으로 부글부글 끓어오르게 하는 일이기도 한데, 어디 갈 일 없는 나이면서 잘 보면 저기 표지판도 없는 뻔한 길 끝인데

그림자의 자그림

정신 차리면 몇 대 맞을 일이다. 그래서 철 들면 젊어질 일이고 발목까지 빗물 고여야 먹구름 몰려드는데, 세상일이 이래서인지 그는 건강을 줄이기 위해 술을 늘였고 사랑에서 물 빼려 하체의 근육을 뺐으며 발톱 깎는 일이 너무 편해 뱃살을 불렸다.

끈적하게 흘러내리는 봄볕 아래 흙밭, 나이 먹은 그의 차 운전석 문 아래 고양이 한 마리, 아니 두 마리 게슴츠레 포개고 뭉근하게 하고 있다. 차마 방해 못하고 그는 긴 머리 파와 상처 난 사과를 양손에 들고 걸어서 집에 갔다. 누구에게도 따듯할 일은 없도록 깊이 파인 봄 그림자가 앞서 걸었다.

하싫고어? 너라는 덩어리에서 욕망의 두께만 빼면 나 그림자야. 그래서 **싫하**? 어려울 것은 어려웠다.

하? 나이 먹은 사랑이 지랄해 기억에 바람 질라치면 그림자가 모로 누웠다. 하! 없어졌나 싶더니 고통마저 설사해버린 한 줄 선이었다. 죽! 매번 그 모양으로 다리기세요.

없다고 없다 치면 없을 일마저 없어져서인지 집에 누군가 없었다.

동네 역사에서 단 한 번 있었던 화상사건

비명은 중저음이었다. 비명은 긴 탄식으로 변했다. 헬스장 샤워기 앞이었다. 당연한 알몸이었다.

샤워실에 들어서는 그의 눈길을 물비누 통에 써있는 글씨가 붙잡았다. shower mate, 영어로 따지자면 쇼를(show) 하는 사람(er)이다. 그러니까 샤워는 항상 누군가 보는 사람을 전제로 한 쇼라는 생각 덕분에 물을 트는 꼭지를 부주의하게 돌렸을 수도 있다.

그는 샤워기에서 기습적으로 쏟아진 뜨거운 물에 자지를, 그중에서도 귀한 대가리를 데고 말았다. 남자를 엄습한 고통은 인간의 역사 이래 비교할 것을 찾을 수 없었다. 많은 신경이 집중되어 있는 부위, 쾌락의 선봉장이었던 신체의 일부가 참을 수 없는 고통의 활화산으로 불을 뿜었다. 실질적인 사장인 헬스 트레이너의 엄마가 외롭게 카운터를 지키고 있었지만 그는 따지지 못하고 약국으로 향했다. 엉덩이를 뒤로 뺀, 인간이 오래 전에 거친 진화 과정의 자세였다.

그렇게 사흘이 지났을 때 여자가 품었던 의심은 추궁이 되어 현실에 등장했다. 오십이 넘었음에도 일주일에 두어 번씩 여자의 품을 파고들던 남자의 철없는 행동이 만든 당연한 결과였다. 허옇게 껍질이 일어나고 있는 남자의 답변은 믿기에는 창피한 데다 믿을 수 없이 궁색한 것이었다.

이유는 알 수 없으나 여자는 남자의 단골술집(남자는 완벽한 비밀이라 믿고 있던)을 찾아가 테이블을 두 개나 엎었음에도 여사장의 머리채는 잡지 못하고 쫓겨났다. 덕분에 남자는 여사장이 소싯적 군(郡)에서 날리던 유도선수였다는 사실을 알게 되었다. 흥분한 여사장은 연락이 닿을 리 없는 남자 대신, 같이 술집을 찾았던 부동산 나쁜 손 권 사장을 찾아내 엄중한 항의를 쏟아부었고 추상과 같은 경고로 마무리했다. 이 예고 없는 날벼락을 권 사장은 탕비실에서 보일러를 고치고 있던 기사에게 고스란히 전달했다. 오래 걸린다, 비싸다, 잦다는 등, 둥둥 떠다니는 짠소리를 쏟아내자 둘 모두의 눈은 벌겋게 충혈되기 시작했다. 부품도 찾기 어려운 30년 된 보일러 같은 인간이라는 말을 던지고 나오기는 했으나 보일러 기사는 등에 붙은 악귀를 떼어내지 못한 채 다음 수리처인 헬스장 문을 열었다.

대낮 헬스장은 오래된 동굴이었다. 보일러가 가진 문제는 뜨거운 물과 찬물을 섞는 밸브에 있었으나 사소했다. 수리가 끝난 보일러에는 뜨거운 물이 조금 남아 있었고 이를 중화하기 위해 찬물 밸브를 열려는 순간, 누군가 샤워실에서 물을 틀었다. 아주 짧은 순간, 굳지 않은 용암과 같은 물이 빠져나갔고, 중저음의 외마디 비명이 태고의 동굴 안에서 메아리가 되어 떠돌다 탄식으로 변했다.

세계를 말하는 세 가지 삼단논법

1.

욕망은 무의미를 견디고 생의 끝까지 몸을 이끄는 엔진이다

감각은 욕망을 작동시키고 폭주하게 만드는 연료다

고로 몸이 없으면 욕망도 없고 무의미도 사라지지만 살아남은 몸은 욕망을 통해 비루한 현실을 완성한다

2.

욕망의 결들이 수없이 겹치고 엉켜 곪은 진액을 불행이라 부른다

욕망이 발효되지 못하고 곪는 과정을 완성하는 것은 세계에 대한 무지이다

고로 행복 아닌 것 모두를 뭉뚱그려 우리는 불행(不幸)이라고 부를 수밖에 없다 누구도 고름이 흐르는 그 드넓은 땅 구석구석을 들여다볼 능력이 없으며 그에 앞서, 행복이 무엇인지 아는 이도 없기 때문이다

3.

질량이 존재라면 무게는 실존이다

우울은 세계와 사건 사이의 거리이다 거리의 척도이다

고로 시공간에 주렁주렁 매달린 질량들은 사건이고 무게는 사건들이 한 방향을 가리키도록 정렬한다 우울의 방향이다

모순이라는 모순

자칫 살아 있다는 만족감에 취한 나머지 사는 일이 본질적으로 의미와는 관계가 없다는 사실을 알아채지 못하기 십상인데, 달리 말하면, (이것이 인간종의 삶이 성공적으로 이어지는 일의 숨겨진 기본 원칙인데) 삶과 의미 사이에 모종의 관계가 있다는 착시에 홀려 사는 일의 목적이 그저 살아 있는 일이라는 근본적 모순을 보지 못한다는 말이다.

갈피를 잡을 수 있으면 사는 일도 아니라는 사실은, 적절한 이유 따위가 있으면 욕망도 아니라는 증명과 같은 맥락이다. 왜 도는지, 왜 돌아가는지, 왜 돌아야 하는지 궁금해지는 바람개비에게 '너 돌았냐?'라고 물은 이는 왜 부는지, 왜 불어가는지, 왜 불어야 하는지 모르는 미친 바람이었다.

4. 옛날에서

반항적 부양력
—세계론적 농담

반항이 유일한 지식인 중학생 녀석 목욕탕에서 옷을 벗다 중얼거린다.

—사는 일의 의미를 모르겠어,

30년 전에 그렇게 살았던 중년 녀석 거울을 보며 툴툴거린다.

—왜? 알면 사는 일에도 개기겠네? 그거 몰라서 내가 아직 살아 있어 인마.

수소풍선은 지구가 당겨도 한사코 반항하며 멀어진다. 아마 저 하늘 어디께 풍선들 모여 사는 곳이 있을 거다. 좀 무식한 풍선들, 더 반항할 것 없어 그냥 모여 살고 있을 거다.

스무고개

내 신발은 어디에 두나요
문은 언제 지나쳤나요
저 어둠은 얼마나 긴가요
저기 시드는 시간은 얼마나 깊었나요
지난 가을볕에 녹아내린 진물은 어떻게 웅크리고
내게서 덜어낸 한숨은 어떤 색으로 날리나요
축축한 어둠의 주름은 어디로 흐르나요
거기 공간은 얼마나 뒤틀렸기에 당신이라는 선이 깜박이나요
사라질 곳은 있나요
그래서 당신이라 부르는 한 점은 어느 시간에 찍혔나요
어느 지평선 위에 매달려야 돌아올 수 없나요
손에서 발끝까지 시간은 얼마나 경사졌나요

몇 조각으로 찢어질까요

바닥에 이를 수 있을까요

깜박일 수 있나요

어디에 걸어놓을까요 당신이 찍힌 시간

하나 시간에 고정은 될까요

완전히 사라지기는 할까요

어디에서부터 돌아볼 수 없나요

내 신발은 어디에 두었나요

약지의 쓰임새

약속을 완성하는 데 아직 새끼손가락의 역할이 남아 있다고 생각하는 이도

약지의 쓰임새는 항상 지나는 바람처럼 선뜻 흘렸을 터

지난밤이 눈에 짜놓은 작은 눈곱이나 지우고

한 방울 눈물이나 흐르면 누구도 눈치 못 챌 사이 조용히 찍어내는,

미안하다고 고개 숙인 약지가 혼잣말로

미닫이문을 닫을 때 등 뒤에서

마지막 틈새 하나 없이 조용히 누르는 일이 자신의 일이라고

아무도 모르지만 마음 새지 않게 살짝 꼭 닫는 일

누구도 모르게 저지른 일이라고, 상처 난 약지가 저릿, 속삭이는 새벽

나는 개다

나는 개다, 죽음을 향해 달리는
나는 달리는 개다, 폭탄을 등짐지고 죽음을 향해
나는 죽음을 향해 달리는 개다, 뜨거운 저주를 거칠게 뿜으며
돌아볼 곳 없이 돌아볼 일 없이 달리는, 나는 개다
보랏빛으로 길게 늘어지는 침을 흘리며, 나는 달리는 개다
저 아가리 안에서 폭발하려, 나는 죽음을 향해 달리는 개다
저 죽음이 작아질 일 없어도 더 깊어질 일 아니어도
터져야 하는 저주다 달려야 하는 폭탄이다, 나는
두 개의 발로, 네 개의 발로, 여덟의 발로
텅 빈 밤을 뚫고 달려야 하는, 개다
죽음의 땅에서 온, 죽음만을 노려보는
개다 나는, 달리는

시인 노트

그다 먼 길도 아녀야,
딱히 고된 길도 아니고,
그니께 벨 거 있간디?
그냥저냥 허풍덤풍 가믄 될 일여, 저짝 길 말여.

꿈에 들른 엄마가 웃으며 자리를 턴다.

시인 에세이

장난의 논리

칠월의 볕을 힘겹게 이고 있는 버스정거장 지붕 아래 두 노인이 서고 앉았다. 족히 팔십은 된 앉은 이가 팔십 중반은 넉넉히 넘어 보이는 선 노인에게 말문을 연다.

"아나 몰러? 영칠이 동생 말여. 갸, 을마 전에 갔댜."

"죽어? 왜 죽어? 몇 살인디?"

"그짝이 칠십여섯인가? 그럴 겨."

"시퍼렇게 젊은 놈이 왜 죽은 겨?"

"잘 몰르지, 저짝 병원 봉께 생각이 나누만."

"게을러서 죽은 겨, 이렇게 숨만 잘 쉬믄 사는디, 왜 죽어? 죽은 겨, 게을러서."

삶이 흘러가는 숨은 물길을 누군가는 단칼에 정리한다. 숨만 잘 쉬면 사는 것이다. 그래서 숨을 관리하는 일만이라도 게으르지 않으면 잘 산다. 이 예리한 오컴의 면도날은 몰래 훔쳐 듣는 이를 으스스 떨게 한다.

과학이 하는 일도 이와 같다. 세계가 움직이는 배경에 자리한 원리를 찾아 간단하게 정리하려 한다. 질량 있는 것들은 서로 잡아당기기만 한다. 우리 우주가 움직이는 원칙이다. 전기는 두 가지여서 다르면 당기고 같으면 밀친다. 우리 존재들이 형태를 유지하는 원리이다. 조금 더 복잡한 원리도 많지만 그냥 과학에게 맡기자. 그가 하는 일이니까.

시도 이런 일을 한다. 정서의 원리를 추적하는 일이다. 추적하면서 그 내막을 들여다보면 대개 슬픔의 원리라는 사실을 알게 된다. 이 원리는 두 가지 배경을 가지고 있다. 하고 싶지만 못하기에 생기는 아쉬움과 하기 싫은데 해야 하는 숙명이다.

사랑하고 싶고 부비고 싶고 그래서 같이 있고 싶고 같이 있어 같은 곳을 바라보고 싶지만 잘 안 된다. 되는 듯하다 안 되고 된 듯하나 되지 않은 것이다. 단지 에로스적 관계뿐만이 아니다. 사람 사이에서 발생하는 갈증의 모습은 거의 다 비슷하다. 이렇듯 생과 욕망 사이에 좁혀지지 않는 간극을 만날 때

우리에게 일어나는 정서적 반응이 슬픔이다. 대부분의 시는 그 어디서 헤매고 있다.

또 하나, 하기 싫은데 해야 하는 일이다. 이 부류 안에 있는 모든 것은 죽음의 자식들이다. 사람들은 선택의 여지없이 무작위로 만나지만 또 조금 알 만하면 강제로 헤어진다. 죽어야 하는 존재들이기에 헤어져야 하고 그다음 자신에게 다가오는 죽음을 똑바로 바라보아야 한다. 이렇게 자기 몫의 죽음을 기다리는 자세를 우리는 운명이라고 부른다. 어찌 슬프지 않을까? 슬픔의 고향은 바로 여기이다.

이렇게 애써 따라가 만난 슬픔의 원리는 욕망과 죽음이 난장 치는 도리 없는 패악질이다. 그런데 뭐? 그딴 거 알아서 뭐? 그래서 슬픔에 절여진 파김치처럼 살라고? 아니면 슬픔의 원리를 눈치챘으니 잔뜩 염장한 시나 쓰다가 죽을까? 이런 자문자답을 들은 버스정거장 노인은 날 세운 그 면도날을 다시 들이밀 것이다.

"논 가운데 들어가 예초기 돌리는 소리 하고 자빠졌네, 걍 숨이나 잘 쉬면서 놀아야 혀. 놀다가 가는 거시지 뭐 있겠어?"

이것이 장난의 논리이다. 장난은 실험이다. 남에게 피해를 주지 않으나 생에는 상처를 내는 실험이다. 이런 거라도 안 하면 뭘 해야 할까? 할 수 있을까?

발문

사랑과 웃음의 물리학

함기석(시인)

시와 과학은 기묘한 연인이다. 아름다움을 구현하는 방식이 다르고 원리를 찾아가는 절차도 사뭇 다르다. 하지만 자연과 우주의 비밀들을 갈망한다는 점에서는 닮았다. 이 둘 사이에 오가는 낯선 사랑의 밀어들을 번역하고 통역하는 자가 시인이다. 세상을 구성하는 물질들은 물리적 원리에 따라 규칙적으로 움직이지만 이 운동이 낳는 현상과 미학은 사랑처럼 가변적이고 불규칙적이다. 따라서 이 세계의 아름다움은 항시 재해석되고 새롭게 번역되고 통역되어야 한다. 김병호는 이런 사랑의 중개업을 지속해온 개성적인 시인이다. 그런 그가 또 하나의 책을 세상에 내놓았다. 타락한 세상에 대한 관측기이자 사랑의 표류기다. 물리적 세계의 사실과 사건을 관측하여 우리

사회 안팎을 진단하고 성찰한다는 점에서 현대사회를 향해 날리는 비판적 풍자극이자 유쾌한 코미디극이다.

물질의 세계에서 물질은 에너지고 에너지를 순환시켜 세계를 지속시킨다. 인간의 세계에서는 사랑이 그 에너지 역할을 한다. 하지만 타락한 현실에서 사랑은 자본에 종속된 물질로 부패한다. 시인에게 현대사회는 '욕망+감각'이 '불행'이 되는 비극적 연산의 세계다. 인간을 물리적으로 비유하면 '질량은 존재고 무게는 실존인' 생물체쯤 되는데, 시인은 이론적 질량의 세계보다 중력이 작동하는 현실적 무게의 세계를 탐색한다. 이는 그의 시가 정신보다 육체에 집중한다는 의미다. 욕망과 자본의 문제를 관념이 아닌 실재의 측면에서 접근한다는 말이다.

그는 삐딱 파(派)다. 삐딱해진 시선으로 특정 상황 속의 인물을 응시하여 사실과 심리를 그려나간다. 비틀비틀 실실 웃으면서 휘청휘청 장난을 치다가 일시에 상대의 급소를 타격하는 권법을 구사한다. 일종의 언어 취권이자 해학의 난장 검무다. 이때 중요한 신체 부위가 왼손이다. 왼손은 의미 중심의 세계관에 대항하는 신체인데 기존의 낡은 세계에 맞서는 모반 도구라는 점에서 왼손의 날은 도발과 역습의 시작, 사랑의 시간이다. 그의 사랑은 상투성을 희화화해 전복하는 방식, 예상된 내러티브를 거부하는 방식으로 펼쳐진다. 이야기를 뭉개버리려는 듯 이야기를 뒤틀면서 예상 밖의 결과를 낳는 역설과 아이러니의 방식을 취한다. 이를 통해 드러나는 주제의식은 대략 세 가지다. 첫째는 성(性) 관련 소재를 통한 세태 풍자 및 후기자본주의 사회의 희화화, 둘째는 로직의 수학세계를 대변하는 소재들을 활용한 인간의 사고 성찰 및 합리적 세계관 비판, 셋째는 기호놀이와 언술놀이를 통한 전복의식의 표출이다.

시인의 냉소적 현실인식을 반영하는 대표적 소재가 콘돔 팬티 돈이다. 타락한 욕망의 대리기호인 만능 콘돔은 우리 현실의 왜곡된 거울상이다. 섹스 대상을 무제한으로 확장해 세상의 모든 사물들과 교접하는데 이때 교접 상대의 주체성은 말살되고 콘돔 사용자의 욕망 배설이 중요시된다는 점에서 이 만능 콘돔은 사랑의 교감을 위한 도구가 아니라 이종교배를 위한 최적의 수단이다.

팬티의 경우, 팬티의 안과 밖이 뒤집히는 사건은 우주가 탄생하는 초유의 빅뱅에 버금가는 중요 사건으로 취급된다. 팬티라는 이성(理性)을 뒤집어 뒤집힌 이성으로 세계의 허위와 패악을 응시하는데 재밌는 건 세상의 수많은 사건들이 결국은 뒤집힌 팬티 안의 숨은 성기에서 탄생할 거라 본 점이다. 이성의 독재적 폭력성을 성기로 희화화하여 조롱한다. 결국 뒤집힌 팬티를 다시 뒤집는 행위는 전도된 작위의 세계를 전복시켜 부작위 사건들의 세계로 환원시키려는 시인의 전복의지인 것이다. 전도된 세계를 유머의 언어로 삐딱하게 전도시키는 역발상이 재미있고 통쾌하다.

「뫼비우스의 돈」은 물적 자본이 인간을 전면적으로 지배하고 조종하는 자본주의 사회의 위악과 공포를 재미있게 풀어낸 시다. 지폐를 180도 비틀어 붙여서 만든 뫼비우스 띠, 안팎이 사라진 그 띠를 끝없이 돌고 돌며 돈의 굴레에서 빠져나오지 못하는 현대인의 모습을 익살스럽게 그려냈다. 돈의 속박에서 벗어나지 못하고 부글부글 속을 끓이는 화자의 모습은 곧 우리의 일상적 초상이다.

「내 것이 아닌 내 안의 것」에는 엉덩이로 벽에 못을 박는 남자와 그 남자 앞에서 벽에 못을 박는다고 말하는 여자가 나온다. 이 둘은 동일한 역할자이면서도 위상은 다르다. 여자에게 남자는 벽이고 여자가 박고 있는 못은 남자의 성기다. 남자의 육체는 벽이 되고 성기는 못으로 전락한다. 이 시는 기묘한 웃음을 유발한다. 문제는 나라는 벽이 발작하는 벽이며 역사의 다른 이름이라는 점이다. 남자는 결국 선조로부터 이어져 온 악습의 대명사 존재인 것이다. 역사에 대한 풍자성이 짙고 비판적 통찰은 적확하고 예리하다.

또 다른 시「증명은 개의 것」에는 '행위－결과－증명－원인 규명'의 시스템 절차를 따라 작동하는 세계, 기계적 함수 세계가 그려진다. 소와 개와 농부가 풀을 뜯을 때 행위는 동일하지만 결과는 판이하다. 소는 풀을 먹고 개는 풀을 뱉고 농부는 풀을 벤다. 주어의 위치에 누가(무엇이) 오느냐에 따라 결과 값이

전혀 달라지는 세계, 어떤 인풋이 주어지느냐에 따라 이종의 결과물이 태어나는 위험한 함수 세계를 비판적으로 진단한다. 세계가 인과에 의한 필연적 질서를 따르기보다 우연적 조합과 배치로 작동된다는 시각이 우세하다.

이처럼 김병호의 시는 관측, 진단, 전복, 성찰의 프로세스를 거치면서 유머와 지속적으로 내통한다. 시집 전반에 현실의 위악과 공포를 날카롭게 응시하는 시인의 눈이 도사리고 있다. 이 점을 놓쳐서는 안 된다. 그는 타락한 현대사회의 치부, 현대인의 욕망을 개성적 스타일로 풀어내는 사랑의 발명가고 웃음의 물리학자다.

김병호에 대하여

"내가 아는 한, 한국 문단에서 '슈뢰딩거 방정식'으로 멋진 시를 쓸 수 있는 유일한 사람"*이라는 평에 그를 아는 이들은 대체로 동의할 것이다. 그러나 이러한 평가는 그가 이루려고 한 문학적 본령의 일부만을 반영한다. 그의 시는 과학적 미학이라는 표현 양식에서 그치지 않고 종래의 문학적 서사와 서정의 변주에 그 무게중심을 두고 있기 때문이다. '과학적'이라는 독특한 이력으로 인해 그가 진지하게 주목한 시적 과업을 놓쳤다면 네 번째로 들고 온 이 시집은 그의 시가 그동안 그려온 뚜렷한 궤적의 결과를 보여준다. 이 시집은 그가 관습적 시와 서사의 문법에 투항하지 않으려고 몸부림치는 변종 이야기꾼이었으며, 이야기에 대한 저항의 무게만큼 깊게 인간의 이야기성을 천착해온 시인임을 확인하게 한다.

그의 첫 시 「이야기의 역사」**는 상징과 함축의 언어로 그려낸 한 편의 신화적 서사이자 자신의 시적 본령을 향해 출발하는 서시였다. 시 속 사내는 이

* 신형철
** 김병호, 『과속방지턱을 베고 눕다』, 랜덤하우스코리아, 2006.

야기가 탄생한 근원으로 거슬러 가 이야기의 진행 내력을 추적하고, 이야기의 그림자가 마을을 점령한 것을 목격한 후 이를 야기한 릭탕*을 죽이고 부랴부랴 떠났다. 이후 그는 서정적 계몽주의에 갇혀 있는 인습적 서사를 해체하고 삶의 모순과 역설을 온전히 드러내기 위한 도구로 물리방정식을 데려왔다. 그의 시는 피카소가 다각도로 여인을 보여주었듯 하나의 사건이 복잡한 그물망을 이루며 물결치는 입체적 서사를 그려낸다. 불연속적인 단어들 사이, 저항하는 입자들은 어느새 파동이 되어 새로운 이야기를 낳는다. 그리고 거기서 "존재의 바닥을 투시함으로써 영혼의 자유도를 증가시키고자"** 한, 다양한 무늬의 이야기들을 만나게 한다. 그런 의미에서 이번 시집은 『포이톨로기』를 통해 자신이 선언한 시적 신념의 책임감 있는 결과물로 보인다.

그렇다면 그의 시를 따라 읽다 익숙지 않은 설정을 만날 땐 곤혹스러워하기보다는 삶이라는 수수께

* 「이야기의 역사」 중에서
** 김병호, 『포이톨로기』, 문학동네, 2012.

끼를 풀 듯 천천히 깊이 들여다볼 일이다. 그렇게 한 영혼이 내딛는 무거운 발걸음을 따라가 본다면 이야기의 밀도 속에서 인생의 구조와 운명의 비틀린 전형을 만나게 될 지도 모른다. 그리고 어느 순간 '비풍초똥팔삼' (「왼손을 위한 주문」)이라는 그의 주문을 가볍게 외우며 이 우주를 유영할 수 있는 새로운 힘을 얻게 될지도 모른다.

조영여(시인)

K-포엣
몸으로 부르는 연가

2023년 12월 19일 초판 1쇄 발행

지은이 김병호
펴낸이 김재범
펴낸곳 (주)아시아
출판등록 2006년 1월 27일 제406-2006-000004호
주소 경기도 파주시 회동길 445 (서울 사무소: 서울시 동작구 서달로 161-1, 3층)
전자우편 bookasia@hanmail.net

ISBN 979-11-5662-317-5 (set) | 979-11-5662-656-5 (04810)
값은 뒤표지에 있습니다.

바이링궐 에디션 한국 대표 소설

한국문학의 가장 중요하고 첨예한 문제의식을 가진 작가들의 대표작을 주제별로 선정!
하버드 한국학 연구원 및 세계 각국의 한국문학 전문 번역진이 참여한 번역 시리즈!
미국 하버드대학교와 컬럼비아대학교 동아시아학과, 캐나다 브리티시컬럼비아대학교 아시아학과 등 해외 대학에서 교재로 채택!

바이링궐 에디션 한국 대표 소설 set 1

분단 Division

01 병신과 머저리-**이청준** The Wounded-**Yi Cheong-jun**
02 어둠의 혼-**김원일** Soul of Darkness-**Kim Won-il**
03 순이삼촌-**현기영** Sun-i Samch'on-**Hyun Ki-young**
04 엄마의 말뚝 1-**박완서** Mother's Stake I-**Park Wan-suh**
05 유형의 땅-**조정래** The Land of the Banished-**Jo Jung-rae**

산업화 Industrialization

06 무진기행-**김승옥** Record of a Journey to Mujin-**Kim Seung-ok**
07 삼포 가는 길-**황석영** The Road to Sampo-**Hwang Sok-yong**
08 아홉 켤레의 구두로 남은 사내-**윤흥길** The Man Who Was Left as Nine Pairs of Shoes-**Yun Heung-gil**
09 돌아온 우리의 친구-**신상웅** Our Friend's Homecoming-**Shin Sang-ung**
10 원미동 시인-**양귀자** The Poet of Wŏnmi-dong-**Yang Kwi-ja**

여성 Women

11 중국인 거리-**오정희** Chinatown-**Oh Jung-hee**
12 풍금이 있던 자리-**신경숙** The Place Where the Harmonium Was-**Shin Kyung-sook**
13 하나코는 없다-**최윤** The Last of Hanak'o-**Ch'oe Yun**
14 인간에 대한 예의-**공지영** Human Decency-**Gong Ji-young**
15 빈처-**은희경** Poor Man's Wife-**Eun Hee-kyung**

바이링궐 에디션 한국 대표 소설 set 2

자유 Liberty

16 필론의 돼지-**이문열** Pilon's Pig-**Yi Mun-yol**
17 슬로우 불릿-**이대환** Slow Bullet-**Lee Dae-hwan**
18 직선과 독가스-**임철우** Straight Lines and Poison Gas-**Lim Chul-woo**
19 깃발-**홍희담** The Flag-**Hong Hee-dam**
20 새벽 출정-**방현석** Off to Battle at Dawn-**Bang Hyeon-seok**

사랑과 연애 Love and Love Affairs

21 별을 사랑하는 마음으로-**윤후명** With the Love for the Stars-**Yun Hu-myong**
22 목련공원-**이승우** Magnolia Park-**Lee Seung-u**
23 칼에 찔린 자국-**김인숙** Stab-**Kim In-suk**
24 회복하는 인간-**한강** Convalescence-**Han Kang**
25 트렁크-**정이현** In the Trunk-**Jeong Yi-hyun**

남과 북 South and North

26 판문점-**이호철** Panmunjom-**Yi Ho-chol**
27 수난 이대-**하근찬** The Suffering of Two Generations-**Ha Geun-chan**
28 분지-**남정현** Land of Excrement-**Nam Jung-hyun**
29 봄 실상사-**정도상** Spring at Silsangsa Temple-**Jeong Do-sang**
30 은행나무 사랑-**김하기** Gingko Love-**Kim Ha-kee**

바이링궐 에디션 한국 대표 소설 set 3

서울 Seoul

31 눈사람 속의 검은 항아리-**김소진** The Dark Jar within the Snowman-**Kim So-jin**
32 오후, 가로지르다-**하성란** Traversing Afternoon-**Ha Seong-nan**
33 나는 봉천동에 산다-**조경란** I Live in Bongcheon-dong-**Jo Kyung-ran**
34 그렇습니까? 기린입니다-**박민규** Is That So? I'm A Giraffe-**Park Min-gyu**
35 성탄특선-**김애란** Christmas Specials-**Kim Ae-ran**

전통 Tradition

36 무자년의 가을 사흘-**서정인** Three Days of Autumn, 1948-**Su Jung-in**
37 유자소전-**이문구** A Brief Biography of Yuja-**Yi Mun-gu**
38 향기로운 우물 이야기-**박범신** The Fragrant Well-**Park Bum-shin**
39 월행-**송기원** A Journey under the Moonlight-**Song Ki-won**
40 협죽도 그늘 아래-**성석제** In the Shade of the Oleander-**Song Sok-ze**

아방가르드 Avant-garde

41 아겔다마-**박상륭** Akeldama-**Park Sang-ryoong**
42 내 영혼의 우물-**최인석** A Well in My Soul-**Choi In-seok**
43 당신에 대해서-**이인성** On You-**Yi In-seong**
44 회색 時-**배수아** Time In Gray-**Bae Su-ah**
45 브라운 부인-**정영문** Mrs. Brown-**Jung Young-moon**

바이링궐 에디션 한국 대표 소설 set 4

디아스포라 Diaspora

46 속옷-**김남일** Underwear-**Kim Nam-il**
47 상하이에 두고 온 사람들-**공선옥** People I Left in Shanghai-**Gong Sun-ok**
48 모두에게 복된 새해-**김연수** Happy New Year to Everyone-**Kim Yeon-su**
49 코끼리-**김재영** The Elephant-**Kim Jae-young**
50 먼지별-**이경** Dust Star-**Lee Kyung**

가족 Family

51 혜자의 눈꽃-**천승세** Hye-ja's Snow-Flowers-**Chun Seung-sei**
52 아베의 가족-**전상국** Ahbe's Family-**Jeon Sang-guk**
53 문 앞에서-**이동하** Outside the Door-**Lee Dong-ha**
54 그리고, 축제-**이혜경** And Then the Festival-**Lee Hye-kyung**
55 봄밤-**권여선** Spring Night-**Kwon Yeo-sun**

유머 Humor

56 오늘의 운세-**한창훈** Today's Fortune-**Han Chang-hoon**
57 새-**전성태** Bird-**Jeon Sung-tae**
58 밀수록 다시 가까워지는-**이기호** So Far, and Yet So Near-**Lee Ki-ho**
59 유리방패-**김중혁** The Glass Shield-**Kim Jung-hyuk**
60 전당포를 찾아서-**김종광** The Pawnshop Chase-**Kim Chong-kwang**

바이링궐 에디션 한국 대표 소설 set 5

관계 Relationship

61 도둑견습 - **김주영** Robbery Training-**Kim Joo-young**
62 사랑하라, 희망 없이 - **윤영수** Love, Hopelessly-**Yun Young-su**
63 봄날 오후, 과부 셋 - **정지아** Spring Afternoon, Three Widows-**Jeong Ji-a**
64 유턴 지점에 보물지도를 묻다 - **윤성희** Burying a Treasure Map at the U-turn-**Yoon Sung-hee**
65 쁘이거나 쯔이거나 - **백가흠** Puy, Thuy, Whatever-**Paik Ga-huim**

일상의 발견 Discovering Everyday Life

66 나는 음식이다 - **오수연** I Am Food-**Oh Soo-yeon**
67 트럭 - **강영숙** Truck-**Kang Young-sook**
68 통조림 공장 - **편혜영** The Canning Factory-**Pyun Hye-young**
69 꽃 - **부희령** Flowers-**Pu Hee-ryoung**
70 피의일요일 - **윤이형** BloodySunday-**Yun I-hyeong**

금기와 욕망 Taboo and Desire

71 북소리 - **송영** Drumbeat-**Song Yong**
72 발칸의 장미를 내게 주었네 - **정미경** He Gave Me Roses of the Balkans-**Jung Mi-kyung**
73 아무도 돌아오지 않는 밤 - **김숨** The Night Nobody Returns Home-**Kim Soom**
74 젓가락여자 - **천운영** Chopstick Woman-**Cheon Un-yeong**
75 아직 일어나지 않은 일 - **김미월** What Has Yet to Happen-**Kim Mi-wol**

바이링궐 에디션 한국 대표 소설 set 6

운명 Fate

76 언니를 놓치다 - **이경자** Losing a Sister-**Lee Kyung-ja**
77 아들 - **윤정모** Father and Son-**Yoon Jung-mo**
78 명두 - **구효서** Relics-**Ku Hyo-seo**
79 모독 - **조세희** Insult-**Cho Se-hui**
80 화요일의 강 - **손홍규** Tuesday River-**Son Hong-gyu**

미의 사제들 Aesthetic Priests

81 고수 - **이외수** Grand Master-**Lee Oisoo**
82 말을 찾아서 - **이순원** Looking for a Horse-**Lee Soon-won**
83 상춘곡 - **윤대녕** Song of Everlasting Spring-**Youn Dae-nyeong**
84 삭매와 자미 - **김별아** Sakmae and Jami-**Kim Byeol-ah**
85 저만치 혼자서 - **김훈** Alone Over There-**Kim Hoon**

식민지의 벌거벗은 자들 The Naked in the Colony

86 감자 - **김동인** Potatoes-**Kim Tong-in**
87 운수 좋은 날 - **현진건** A Lucky Day-**Hyŏn Chin'gŏn**
88 탈출기 - **최서해** Escape-**Ch'oe So-hae**
89 과도기 - **한설야** Transition-**Han Seol-ya**
90 지하촌 - **강경애** The Underground Village-**Kang Kyŏng-ae**

바이링궐 에디션 한국 대표 소설 set 7

백치가 된 식민지 지식인 Colonial Intellectuals Turned "Idiots"

91 날개 - **이상** Wings-**Yi Sang**
92 김 강사와 T 교수 - **유진오** Lecturer Kim and Professor T-**Chin-O Yu**
93 소설가 구보씨의 일일 - **박태원** A Day in the Life of Kubo the Novelist-**Pak Taewon**
94 비 오는 길 - **최명익** Walking in the Rain-**Ch'oe Myŏngik**
95 빛 속에 - **김사량** Into the Light-**Kim Sa-ryang**